परिवार-कल्याण

पति-पत्नी-संवाद

परिवार-कल्याण

पति-पत्नी-संवाद

डॉ. सुरेश प्रसाद

प्रकाशक
प्रभात पेपरबैक्स
प्रभात प्रकाशन प्रा. लि. का उपक्रम
4/19 आसफ अली रोड, नई दिल्ली-110002
फोन : 23289777 • हेल्पलाइन नं. : 7827007777
इ-मेल : prabhatbooks@gmail.com ❖ वेब ठिकाना : www.prabhatbooks.com

संस्करण
प्रथम, 2022

मूल्य
एक सौ पचास रुपए

मुद्रक
आर-टेक ऑफसेट प्रिंटर्स, दिल्ली

———— ★ ————

PARIVAAR-KALYAN
by. Dr. Suresh Prasad

Published by **PRABHAT PAPERBACKS**
An imprint of Prabhat Prakashan Pvt. Ltd.
4/19 Asaf Ali Road, New Delhi-110002

ISBN 978-93-5521-225-2

₹ 150.00

स्वर्गिक सुख, सुविधाएँ, खुशियाँ
भर देनी हैं जग में सारी,
सुषमित, सज्जित, संतुलित और
संचेतन हो जीवन-क्यारी।

विदेश मंत्री, भारत
नई दिल्ली
MINISTER OF EXTERNAL
AFFAIRS INDIA

3 मई, 1979

दो शब्द

परिवार नियोजन जैसे महत्त्वपूर्ण, किंतु नीरस विषय पर काव्य-पुस्तिका रचकर डॉ. सुरेश ने बड़े साहस तथा महत्त्व का काम किया है। परिवार नियोजन के कार्यक्रम को जन-जन तक पहुँचाने के लिए अनेक कवि सम्मेलन आयोजित किए जाते हैं, किंतु उनमें भाग लेनेवाले अधिकांश कवि परिवार नियोजन को काव्य के साँचे में ढालकर जनता के सामने पेश करने में बड़ी कठिनाई अनुभव करते हैं। डॉ. सुरेश ने इस काव्य-पुस्तिका की रचना कर परिवार नियोजन के कार्यक्रम को अधिक लोकप्रिय बनाने में महत्त्वपूर्ण योगदान दिया है। भारत के लिए परिवार नियोजन एक राष्ट्रीय आवश्यकता है, ऐसी आवश्यकता जिसके बिना आर्थिक विकास की हमारी योजनाओं पर, फिर चाहे ये कितनी भी उपयोगी तथा फलदायी क्यों न हों, पानी फिर जाएगा।

लोकतंत्र में जनता के स्वेच्छापूर्ण सहयोग से ही किसी कार्यक्रम को सफल बनाया जा सकता है। अब सरकार पुन: परिवार नियोजन के राष्ट्रीय कार्यक्रम में तेजी लाना चाहती है। इसके लिए गैर-सरकारी प्रयत्नों का बड़ा महत्त्व है। डॉ. सुरेश की काव्य-कला इस काम में हिस्सा बँटा रही है, यह बड़े आनंद की बात है और इसके लिए वे हम सबके बधाई के अधिकारी हैं।

अटल बिहारी वाजपेयी

(अटल बिहारी वाजपेयी)

उपराष्ट्रपति, भारत
नई दिल्ली
VICE-PRESIDENT, INDIA
NEW DELHI

7 अप्रैल, 1979

प्रिय महोदय,

आपके दिनांक 29 मार्च, 1979 के पत्र सहित परिवार-कल्याण पर लिखी आपकी काव्य पुस्तक मिली।

आपकी यह काव्य कृति रोचक एवं सामयिक है। छोटे परिवार के लिए लोगों में नवचेतना और उत्साह जागे, इसकी आज महती आवश्यकता है। एक चिकित्सक के नाते परिवार नियोजन की उपयोगिता को आपने अपनी कृति में जिस प्रकार प्रस्तुत किया है, मेरा विश्वास है कि जनमानस द्वारा आपका यह प्रयास सराहा ही नहीं जाएगा, बल्कि परिवार नियोजन के लिए प्रेरणा देगा। आज देश के हर नागरिक को इस उत्तरदायित्व का बोध राष्ट्र की प्रगति और समृद्धि में सहायक माना जाएगा।

आपके प्रयास की सफलता के लिए मेरी शुभकामनाएँ।

आपका,

(बा.दा. जत्ती)

संलग्न : पांडुलिपि (परिवार-कल्याण) काव्य

No. 2072 / DPM/(Defence)/79

उप प्रधानमंत्री, भारत

DEPUTY PRIME MINISTER

INDIA

नई दिल्ली

दिनांक : 9 अप्रैल, 1979

'परिवार-कल्याण' नामक काव्य पुस्तक की पांडुलिपि देखने का अवसर मिला।

जनसंख्या में प्रत्येक वर्ष उत्तरोत्तर वृद्धि देश की प्रमुख समस्याओं में है। जनसंख्या नियंत्रण से देश की समृद्धि बढ़ेगी।

इस समस्या को काव्य के माध्यम से जनता के सामने प्रस्तुत करके परिवार-कल्याण की दिशा में उपयोगी कार्य किया गया है। काव्य रूप में होने से पुस्तक का महत्त्व और बढ़ गया है।

पुस्तक भाव, भाषा और शैली की दृष्टि से रोचक है।

आशा है, पुस्तक पाठकों को ग्राह्य और अपने लक्ष्य में सफल सिद्ध हो सकेगी। इस प्रयास के लिए लेखक बधाई का पात्र है।

(जगजीवन राम)

नई दिल्ली, 2 फरवरी, 1979

श्री सुरेश प्रसाद ने 'परिवार नियोजन' पर पद्य-रचना की है। पहले शराबबंदी पर भी ऐसी ही रचना की थी। उनका उद्‌देश्य स्तुत्य है। पद्य-रचकर विशेष अच्छा प्रचार होगा, ऐसा उनका विश्वास लगता है। देश में जनसंख्या नियंत्रण की आवश्यकता तो है, पर वह जबरदस्ती नहीं हो सकती। आपातकाल का अनुभव सामने है। प्रजा-निरोध लोक-शिक्षण से ही हो सकेगा। गरीब देश में इतने मुँह हर साल पैदा होंगे तो उनके लिए अन्न, वस्त्र, आवास काम भी खोजना होगा। अभी तो हालत अच्छी नहीं है। श्री प्रसाद की रचना सराहनीय है।

(Sd.) प्रभाकर माचवे

(डॉ.) प्रभाकर माचवे

नई दिल्ली
2 फरवरी, 1979

सूचनार्थ : 10 फरवरी के बाद मेरा पता होगा
निदेशक,
भारतीय भाषा परिषद्,
36, शेक्सपीयर सरणि, कलकत्ता-700017

आचार्य देवेंद्रनाथ शर्मा

अध्यक्ष

बिहार हिंदी ग्रंथ अकादमी

फोन : कार्यालय : 50390, **निवास :** 50973

सम्मेलन भवन, पटना-800003

दिनांक : 6 जनवरी, 1979

डॉ. सुरेश प्रसाद द्वारा लिखित 'परिवार-कल्याण' नामक पुस्तक मैंने देखी। लेखक ने परिवार-नियोजन की आवश्यकता, उपयोगिता और साधनों को बड़ी स्पष्टता से लोगों के लाभ के लिए प्रस्तुत किया है। पुस्तक के कुछ अंश कतिपय पाठकों को अतिशय स्पष्टता के कारण खटक सकते हैं, किंतु उन्हें स्मरण रखना चाहिए कि यह पुस्तक एक चिकित्सक द्वारा लोक-लाभ के लिए लिखी गई है, जिसमें वक्तव्य की स्पष्टता आवश्यक है। पुस्तक को पद्यात्मक बनाने का आग्रह केवल उसे अधिक सरस बनाने के उद्‌देश्य से है।

परिवार-नियोजन ऐसी राष्ट्रीय समस्या है, जिस पर अधिकतम ध्यान देने की जरूरत है। डॉ. प्रसाद ने यह ग्रंथ लिखकर एक चिकित्सक के उत्तरदायित्व को पूरा किया है और बढ़ती हुई जनसंख्या के संकट को रोकने की वांछनीयता की ओर लोगों का ध्यान आकृष्ट किया है।

मुझे आशा है कि डॉ. सुरेश प्रसाद ने जिस उद्‌देश्य को सामने रखकर यह पुस्तक लिखी है, वह पूरी होगी और जनता में इसका अधिक-से-अधिक प्रचार होगा।

(देवेंद्रनाथ शर्मा)

FAMILY PLANNING FOUNDATION
198, Golf Links, NEW DELHI-110003

डॉ. कौशल किशोर सिद्ध

Ref. No. Adf, 476 **दिनांक : 22 फरवरी, 1979**

प्रिय डॉ. प्रसाद,

आपके तीन पत्र क्रमशः 28 नवंबर, 1978, 17 दिसंबर, 1978 एवं 12 फरवरी, 1979 को प्राप्त हुए।

डॉ. आनंद ने मुझे आपके 'परिवार-कल्याण' काव्य की पांडुलिपि पढ़ने का सुअवसर प्रदान किया और कहा कि मैं इसे पढ़कर अपनी टिप्पणी आपको भेज दूँ।

मुझे यह लिखते हुए अत्यंत हर्ष होता है कि आपका काव्य बहुत ही सामयिक है। वर्तमान समय की भीषण समस्या को सुलझाने का आपका यह अकथ प्रयास सराहनीय है।

परिवार-कल्याण जैसी समस्या को काव्य में सुलझाने का यह पहला प्रयास है। यह पढ़ने में मनोहारी ही नहीं, मगर हृदय तंत्री को छू लेनेवाली प्रतिभा भी इसमें है। इसको पढ़कर पाठक अपना हृदयविन्यास किए बगैर नहीं रह सकेंगे। इस प्रकार जनसंख्या समस्या को सुलझाने में यह बहुत ही उपयोगी सिद्ध होगा।

आपके इस प्रयास के लिए बहुत-बहुत बधाई और मैं यह कामना करता हूँ कि आपका यह काव्य जल्द-से-जल्द पाठकों तक पहुँचे और जन-विस्फोट के होने से पहले ही यह उनके परिणामों से उनका अवगत कराने में सफल सिद्ध हो।

आपका

—कौशल किशोर सिद्ध

Dr. Awadh Kishore Narain Sinha

MBBS (PAT), FRCP (Edin), FRCP (London)

डॉ. सुरेश प्रसाद द्वारा लिखित 'परिवार-कल्याण' पर यह पुस्तक बहुत ही उपयोगी तथा रोचक है। पद्य विधा में परिवार-कल्याण के सभी पहलुओं पर प्रकाश डालना एक टेढ़ी खीर थी, पर डॉ. प्रसाद ने अपनी सधी कलम और अनुभव से इस समस्या को इतना हृदयग्राही बनाया है कि पाठक का झुकाव बरबस परिवार नियोजन तथा परिवार-कल्याण की ओर हो जाता है। लेखक की पत्नी का यह संकल्प कि वह अपने डॉक्टर पति के साथ स्वयं परिवार-कल्याण केंद्र जाकर ऑपरेशन करवाएगी। यह एक ऐसी बात है, जो सभी नारियों को परिवार नियोजन के लिए प्रेरित करेगी। परिवार नियोजन की विधियों का आद्योपांत वर्णन इस पुस्तक का विशेष आकर्षण है। अत: मेरी शुभकामना है कि इस पद्य-प्रबंध को प्राप्त करने की ललक हर परिवार में हो, जिससे वह परिवार सुखी बन सके।

—डॉ. ए.के.एन. सिन्हा

3 फरवरी, 1979

भूतपूर्व अध्यक्ष इंडियन मेडिकल एसोसिएशन

अध्यक्ष कॉमनवेल्थ मेडिकल एसोसिएशन

आपकी 'परिवार-कल्याण' काव्य-पुस्तिका एक अत्यंत उपयोगी और रोचक कृति है। यह जनता के लिए बहुत लाभदायक सिद्ध होगी। परिवार नियोजित करने के विभिन्न साधन अति सरल व सुंदर रूप से प्रस्तुत किए गए हैं। परिवार-कल्याण का महत्त्व व उसका उत्तरदायित्व भी आकर्षक ढंग से बताया गया है।

—डॉ. नीरा अग्रवाल

8 दिसंबर, 1978

Department of Obstetries & Gynaecology
All India Institute of Medical Sciences
New Delhi-16

B-23/PPP/78-79/1457

दिनांक : 26 फरवरी, 1979

आदरणीय डॉ. प्रसाद

सादर नमस्कार,

दिनांक 28 नवंबर तथा दिनांक 12 फरवरी के पत्र तथा काव्य पुस्तिका की पांडुलिपि के लिए अनेक धन्यवाद। विलंब से उत्तर देने के लिए क्षमा चाहती हूँ।

मैं यह पत्र डॉ. कु. डी. शर्मा, विभागाध्यक्ष प्रसूति विभाग, चिकित्सा विज्ञान संस्थान की ओर से लिख रही हूँ। आपकी 'परिवार-कल्याण' काव्य पुस्तिका मैंने पढ़ी। यह जानकर आश्चर्य हुआ कि एक व्यस्त डॉक्टर एक कुशल एवं सफल कवि भी हो सकता है और वह भी मातृभाषा में। आपकी यह रचना हिंदी भाषी सभी प्रांतों में प्रत्येक परिवार में यदि सुलभ हो सके तो यह पुस्तक अत्यंत कल्याणकारी साबित होगी, जो आपके लिखने का तात्पर्य भी है।

मैं अपनी ओर से, प्रो. डी. शर्मा की ओर से और अपने समस्त सह-अध्यापक वर्ग की ओर से आपको बधाई देता हूँ और इस तरह के अनेक सफल रचनाओं के लिए आप हमारी शुभकामनाएँ स्वीकार करें।

भवदीय

(शैल दुबे)

Incharge

Post Partum Programme

Institute of Medical Sciences

Banaras Hindu University

Varanasi-5

पुनः आपकी पांडुलिपि सधन्यवाद वापस भेजा जा रहा है।

Dr. Shyam Narain Arya
MBBS (Hons & Gold Medalist), MD (PAT), FRCP (Glasg)
FRCP (Edin) FCCP (USA) FICA (USA)
Back Museum Road, Patna-800001
Consulting Physician

डॉ. सुरेश प्रसाद रचित काव्य–पुस्तक 'परिवार–कल्याण' एक विशेषज्ञ चिकित्सक की अनोखी कलाकृति है। सरल व सरस भाषा–शैली में वैज्ञानिक तथ्यों को जनसाधारण के समक्ष प्रस्तुत करने में रचयिता ने अभूतपूर्व कला–चातुर्य का परिचय दिया है।

···अपने देशवासियों को परिवार नियोजन की ओर प्रेरित करने में यह काव्य–ग्रंथ एक सफल माध्यम बनेगा, ऐसा मेरा दृढ़ विश्वास है।

—डॉ. श्याम नारायण आर्य
अध्यक्ष, भारतीय चिकित्सा महासंघ
बिहार शाखा

जनवरी 1979

आमुख

मेरे पिताजी द्वारा रचित इस काव्य-पुस्तक का प्रकाशन जरूरी क्यों ?

- एक चिकित्सक की लिखी हुई, मनीषियों द्वारा समर्थित, औचित्यपूर्ण और भ्रम-निवारक इस पुस्तक की सोद्देश्यता व उपयोगिता निर्विवाद है।
- सरकार की नीतियों के अनुकूल, सरकार के हित में है यह पुस्तक। जिस काम को सरकार भारी खर्च उठाकर भी नहीं कर सकती, उस काम को यह पुस्तक जनमानस पर मनोवैज्ञानिक प्रभाव डालकर सहजता से करने में सक्षम और सफल है।
- परिवार-कल्याण जैसे कार्य को पैसों के लालच दिखलाकर या कानून से अथवा जोर-जबरदस्ती से सफल नहीं बनाया जा सकता। इसके लिए सामाजिक चेतना लानी होगी और यह सत्साहित्य से ही संभव है।
- यह मात्र एक काव्य-पुस्तक ही नहीं, बल्कि इसमें स्वास्थ्य के प्रति सचेत रहने की मंगल चेतावनी भी है।
- व्यक्ति, समाज या राष्ट्रहित में ही नहीं, बल्कि विश्व-हित में है यह पुस्तक। प्रत्येक व्यक्ति का सीधा संबंध इस पुस्तक से है।
- इसकी भाषा सरल, सरस तथा सहज ग्राह्य है।
- भाव-दोष या काव्य (छंद)-दोष रहित है यह पुस्तक।
- यह पुस्तक हर घर में घर करेगी इसी आशा के साथ।

—राजीव रंजन प्रसाद

बि.शि.से. वर्ग-1 (से.नि.)

[B.Sc.; LL.B.(P.U.); B.Ed. (Distinction)]

Ex-B.A.S. (Judiciary)

शीर्ष-बंध सह-सारांश

अब 'परखनली बच्चा' (Test tube baby) जग में 73
किलकारी मार रहा सुख से,
है गर्भपात (Abortion) केवल, 77
विधि-सम्मत जो उबार देता दुख से।

गर्भाशय-द्रव (Liquor amnii) की जाँच 78
(Amniocyntesis) सफल,
शुभ, स्वस्थ क्रांति लेकर आई,
है जहाँ भ्रूण की विकृतियाँ
(Foetal abnormalities)
विधि गर्भपात (Abortion) ने सुलझाई।

गर्भस्थ-भ्रूण-विकृतियों के हित
गर्भपात (Abortion) शुभ, अपरिहार्य,
शिशु-लिंग (Sex) जाँच या गर्भ-भंग (Abortion) 80
करना कानूनन गलत कार्य।

उत्तरित प्रश्न जिज्ञासाओं के 84
समाधान होते अविरल,
अग्रणी स्वयं के होने पर
खिल-खिल उठते शत-शत-शतदल।

मनचाही अब संतान 85
गोद में भर सकती है किलकारी,
परिवार-नियोजन में
आएगी क्रांति सुखद जनहितकारी।

पत्नी—हे आर्य! तुम्हारा फूलों-सा
मुखड़ा लगता मुरझाया है,
मन की चिंता ने चेहरे का
जैसे लावण्य चुराया है।

है ध्यान कहीं अन्यत्र, यहाँ—
केवल शरीर, यह लगता है,
व्यग्रता कहीं पर है गहरी
मन में संदेह सुलगता है।

लल्ली तो अपनी तीन हुईं
पर लल्ला एक नहीं आया,
क्या यह अभाव ही जीवन का
रहता मानसपट पर छाया?

फिर क्यों न ज्योतिषी को जाकर
अपनी कुंडली दिखाते हो,
वह योग-जाप बतलाएगा
घर बैठे क्यों पछताते हो?

वैसे, तुम स्वयं चिकित्सक हो
है रोग-भोग का तुम्हें ज्ञान,
हर संभव टेस्ट-परीक्षण कर
ला सकते हो स्वर्णिम-विहान।

पति—हे सुमुखि! नहीं चिंता कुछ भी
या कष्ट न कुछ सिर पर छाया,
बढ़ती जनसंख्या का संकट
भारत के सम्मुख गहराया।

व्यवसाय चिकित्सा, किंतु मुझे
है अर्थशास्त्र का अभिज्ञान,
कैसे हल होंगे जटिल प्रश्न,
क्या निकलेगा इसका निदान?

यद्यपि, भारत की ही न बात,
संकट यह विश्व-जनीन बना,
होता जाता अनुदिन अपाय
जन संकुल सारा हीन-मना।

प्रति मिनट यहाँ, इस भारत में
शिशु जन्म अधिकतम लेते हैं,
प्रजनन अधिकाधिक, न्यून मृत्यु-दर
भार देश पर देते हैं।

पहले से ही यह दीन देश
दीनता और बढ़ती जाती,
व्यय अधिक, आय है अल्प, मगर
जनता न समझ इसको पाती।

भारत के सम्मुख आज प्रिये!
अति जटिल समस्या आई है,
कल्याणजनक विधियाँ जनहित में
इसलिए अपनाई हैं।

शिशु हुए एक अथवा दो तो
पति-पत्नी मिलकर राय करें,
'बच्चे भविष्य में जन्म न लें'
ऐसा कुछ सुगम उपाय करें।

पत्नी—माना, जनसंख्या बढ़ने से
हो रहा आज भारत विपन्न,
समुचित संख्या अवरोधन से
बढ़ सकता धन, सम्मान, अन्न।

परिवार बढ़ा जाता जिनका
वे तो सीमित कर पाएँगे,
पर 'कहो, जिन्हें संतान नहीं
वे उसे कहाँ से लाएँगे?'

यह सृजन–नाश का कार्य सदा से
प्रकृति स्वयं करती आई,
सरकार करेगी क्या इसमें
यह सब मैं समझ नहीं पाई।

क्या 'नसबंदी' का ऑपरेशन
दोनों के लिए जरूरी है?
बच्चे यदि हुए दिवंगत तो
कितनी असह्य मजबूरी है!

यह 'लाल त्रिभुज' क्या है?
कैसे कल्याण देश का करता है?
जग–जनजीवन में खुशियों को
ला–लाकर कैसे भरता है?

क्या लाभ सिर्फ, कुछ हानि नहीं।
पहुँचाता 'लाल त्रिभुज', बोलो!
मेरे जड़ मानस के अवगुंठन
प्रियतम! एक–एक खोलो।

यदि 'नसबंदी' के बाद पुनः
संतति की पड़ी जरूरत तो
क्या 'लाल त्रिभुज' संतति–सुख फिर से
दे सकता है, स्पष्ट कहो!

पति—अनुरक्ते! जिज्ञासा सुन ऐसी
विपुल हर्ष मन पर छाया,
खुश हूँ, अमूल्य निधि-सी तुमको
मन के अनुकूल सदा पाया।

भौतिक सुख-सुविधाएँ देता
सच,'लाल त्रिभुज' जन-हितकारी,
विस्तार सहित सारी बातें
बतलाता आज, सुनो प्यारी!—

कृषि बहुल देश है यह भारत
प्रतिमुख हरीतिमा की लाली,
हो सुलभ अन्न, है लक्ष्य यही
नित-नूतन छाए खुशहाली।
भारत की आबादी निशि-दिन
बढ़ती जा रही अधिक ऊपर,
इससे चिंतित हैं राज्य सभी
घट जाए न भोजन की थाली।

है जन्म अधिक, कम मृत्यु
जनों की संख्या अनियंत्रित, दुःखकर,
बिन सीमावद्ध-सुजीवन के
मानव रह जाएगा घुटकर।
खाना, कपड़ा जो सुलभ आज
संभव है, कल हो सुलभ नहीं,
सरकार चाहती यहाँ सदा
सुख की बाँसुरी बजे घर-घर।

है लक्ष्य—सभी हों मुदित चित्त
है लक्ष्य—स्वस्थ नागरिक रहें,
अच्छी शिक्षा हो सर्वसुलभ
सब ओर शांति-सुख-सिंधु बहें।
　　　　है चाह न दुर्बल लोगों की
　　　　जो बनें देश के लिए भार,
　　　　कुछ ही हों, पर जो चेतन में
　　　　सत्कर्मों का आदर्श गहें।

जनता के हित में 'लाल त्रिभुज'
नव कल्पवृक्ष-सा आया है,
कल्याण-कोष से मंडित हो
प्रति-जनमानस पर छाया है।
　　　　सीमित कुटुंब का मंत्र फूँककर
　　　　जीवन को सुखी बनाता है,
　　　　'छोटा परिवार सुखी होता'
　　　　नारा घर-घर पहुँचाया है।

बच्चे होंगे जब बहुत अधिक
दुःखमय होगा उनका जीवन,
भूखे-नंगे बिलखेंगे नित
होंगे असुरक्षित आजीवन।
　　　　रहने की जगह नहीं होगी,
　　　　होगा न पठन-पाठन सुखकर,
　　　　वह दृश्य नरक जैसा होगा,
　　　　यातना-विपीड़ित होंगे क्षण।

संतति कम होगी जिसकी,
वह नित गीत खुशी का गाएगा,
दमकेगा घर-आँगन सारा,
मन फूला नहीं समाएगा।
वह स्वस्थ रहेगा आजीवन
पत्नी को रोग नहीं होगा,
बच्चों की सुख-सुविधा के हित
वस्तुएँ सहज ही पाएगा।

छोटा घर-आँगन, छोटा सा
परिवार, हृदय है हुलसाता,
रहती जब 'कम संतान, सुखी
इनसान,' उचित आदर पाता।
कम बच्चे हों, चिंता न तनिक
आनंदमयी कटती घड़ियाँ,
है नहीं कहीं अपवर्ग-स्वर्ग,
स्वर्गिक आनंद यहीं आता।

जा सकता किया सहज में ही
अनुमान, ध्यान यदि दो पल भर,
कम आय, अधिक व्यय होने पर
कैसे खुशहाल रहेगा घर!

प्राकृत नियम—

- अपनी छाती का दूध पिलानेवाली महिला को संभवत: गर्भ रहने का संशय नहीं रहता।
- — अपनी छाती का दूध पिलानेवाली महिलाएँ बच्चे को जन्म देने के बाद जल्द पहलेवाली स्थिति में आ जाती हैं। बहुत बड़ा लाभ।
- — छाती का दूध पिलाने से माँ तथा बच्चे के बीच भावनात्मक संबंध सुदृढ़ होता है और बच्चा का विकास भी बहुत अच्छा होता है।

जनजीवन पर पड़ता अविरत
पत्नी-बच्चों का भार सबल,
खाना-कपड़ा आवश्यक है
लेना-देना होता प्रतिपल।
शादी, बारात, छठी हो या
रोगादि गले पड़ जाते हों,
पैसे जब पास रहेंगे तो
हो सकती जटिल समस्या हल।

त्योहार पहुँचते हैं बहुश:
इच्छा, सुरसा-सा मुँह बढ़ जाता,
पानी-सा पैसा बहता है
चीजें खरीद जब घर लाता।
इस युग में कितनी महत बनी
बच्चों की शिक्षा खर्चीली,
तन के हित पौष्टिक तत्त्वों से भी
रखना है समुचित नाता।

अब दो पल रुककर सोचे तो
अर्जित करता है वह जितना,
पति-पत्नी के खाने-कपड़े के
बाद बचा पाता कितना!
क्या पाँच-सात बच्चे उससे
थोड़ा सा भी पढ़-लिख सकते?
भोजन जीभर, भरपूर मिले
उनको सौभाग्य कहाँ इतना!

क्या कुछ भी खाने-पीने को
वे नहीं तरसते रहते हैं?
कब उचित वस्त्र रहते तन पर!
निशि-दिन अभाव में बहते हैं।
जीवन-वितान छिद्रित होता
अंततः अतः वह पछताता,
इस जीवन से है मरण भला
जब बच्चे दुर्दिन सहते हैं।

सुंदर तन ले जग में आया
हो निःस्व यहाँ से जाएगा,
जिस धरती पर वह पला-बढ़ा
उसका क्या मूल्य चुकाएगा!
क्या है कर्तव्य यही उसका
कुछ खयाल नहीं माँ का करना?
दे उसे उपेक्षाएँ कैसे
सुख से वह मर भी पाएगा!

क्या वह इसको दे जाएगा
बहुसंख्यक भुक्खड़ की टोली?
क्या लाएगा इस दुनिया में
बारात, निकम्मों की डोली?
हड्डी पर चमड़ा मढ़ा हुआ
इनसान छोड़कर जाएगा?
उपहासजनक उपहार हुआ
जो हृदय बेधता हो गोली।

कर प्राप्त अनिच्छित वस्तु,
देश क्या अंतर में मुसकाएगा ?
या सहकर दुस्सह-दर्दभार
अपने को और रुलाएगा ?
इससे अच्छा तो यह होता
कुछ नहीं छोड़ जाता भू पर,
वह पाना भी क्या पाना है
जो और अधिक तड़पाएगा।

है चाह अगर कुछ देने की
दे देशभक्त सच्चा सपूत,
जिस पर यह देश करे गौरव
वह बने हिंद का राजदूत।
दे पुत्र कुँवर-नाना जैसा
भारत का मान बढ़ावे जो,
पर नहीं निकम्मों का वह दल
जो दुश्चरित्र हो, क्लीव, धूर्त।

है चाह अगर कुछ देने की
शिक्षा से इसकी गोद भरे,
यदि मातृभूमि प्यारी है तो
हित की हर संभव बात करे।
दे शिष्ट, सुशिक्षित बच्चे जो
माँ की सेवा कर हुलसाएँ,
सम्यक्, सापेक्ष, समायोजित,
समयोचित ही संकल्प धरे।

होता परिवार नियंत्रित जो
बल-वैभवशाली कहलाता,
बच्चे हों जिसके दो केवल
अनुपम आनंद, तोष पाता।
'बच्चे होते दो ही अच्छे-
हम दो हों और हमारे दो',
'दूसरा जन्म ले तभी कि जब
पहलेवाला पढ़ने जाता।'

'दो से हों नहीं अधिक बच्चे'
यह आर्ष-वाक्य यदि अपनाए,
जग, देश, समाज, सगे-संबंधी
और स्वयं सुख को पाए।
'हों सिर्फ हमारे दो बच्चे
होंगे बहुविध अच्छे-सच्चे,'
सद्बुद्ध-सजगता हो ऐसी
शुभ-लाभ नित्य घर-घर आए।

जनहित की बात यही केवल
'छोटा परिवार सुखी होता',
होती संतान अधिक जिसकी,
विपदा में वह जगता-सोता।
अपनी रक्षा खुद करनी है
यह बोध यहाँ है कितनों को ?
उद्यमविहीन जनमानस का
सपना साकार नहीं होता।

हो भले उसे चिंता न तनिक
हैं राज्य मगर चिंतित सारे,
संतति सीमित कर सुख
जन–जन को पहुँचाने से कब हारे!
इनसे संचालित 'लाल त्रिभुज'
विधियाँ अनेक बतलाता है,
बच्चे अनचाहे लें न जन्म
जो फिरें गली मारे–मारे।

जिस अंतराल से चाहेगा
बच्चों को पैदा कर सकता,
होता समयांतर अधिक अगर
बच्चा किलकारी भर सकता।
उत्तम विकास होता उसका
पाता समुचित सुख–सुविधाएँ,
आगे चलकर वह योग्य पुत्र
हर हित, स्वदेश–हित लड़ सकता।

परिणय कर दंपती सुख भोगे
संतति–सुख–स्वप्न न हो सत्वर,
ऐसा हो दृढ़ दृग, दृष्टिकोण
जीवन बन जाए सुंदरतर।
'संतान दूसरी अभी नहीं'
ऐसा मन में संकल्प धरे,
'संतान तीसरी कभी न हो'
यह रहे सदा संकल्पित स्वर।

काले–गोरे, हिंदू–मुसलिम
हो सिख–ईसाई काम एक,
परिवार–नियोजित कर जग में
पा सकते सुख, यश, नाम नेक।
कहना न उचित—'जिस तरह रखे,
ईश्वर, रह लेंगे हम सुख से,'
प्रकृत–जाड़ा, गरमी, वर्षा से
फिर क्यों, बचते हैं हरेक ?

नैसर्गिक सुख–दुःख को हम सब
अपने अनुकूल बनाते हैं,
बरसात, धूप में छाते को
क्या नहीं काम में लाते हैं ?
अवरोधक होता नहीं छत्र
संरक्षण ही देता केवल,
कल्याण–केंद्र भी इसी तरह
देता है समुचित उत्तम फल।

तुम कहती हो लल्ला आए,
लल्ली हैं अपनी तीन सुघड़,
यदि पुनः हो गई बच्ची तो
बिक जाएगा बगिया–सा घर।
बेटी हो अथवा हो बेटा
संतान सभी हैं ईश्वर की,
संतोष सुखद होता जानो !
ये लक्ष्मी हैं घर–बाहर की।

बेटा-बेटी के झगड़ों में
पड़ संगिनी! नहीं उजड़ना है,
वह जीवन क्या जीना, जिसमें
रोटी-कपड़ा-हित लड़ना है।
इस 'लाल त्रिभुज' को सम्मानो,
कितनों को सुखी बना डाला,
भूपर का स्थिर 'आधार-कोण'
दो कोणों का है रखवाला।

है **प्रथम कोण**—शुभ का सूचक
वांछित ही गर्भ रहा करता,
दूसरा कोण—संतान-रहित
माँ की सूनी गोदी भरता।
सरकारी अनुदानों पर ही
हैं केंद्र खुले कितने ऐसे,
जिनमें जाता बतलाया—
कैसे रुके गर्भ, सुत हो कैसे?

मनचाहा सुख बाँटा जाता
खुशियाँ बँटतीं हर घड़ी यहाँ,
कल्याण बिना पैसे का हो
ऐसी सुविधा अन्यत्र कहाँ!
कल्याण-केंद्र में हैं केवल
शुभ-लाभ, स्वस्थ, सुखकर बातें,
आनेवाले सब लोग यहाँ
लौटते खुशी से मुसकाते।

जाँची जाती हैं गर्भवती महिलाएँ
और राय यहाँ उचित पातीं,
ले जन्म सुगमता से बच्चा
इसलिए यहाँ हुलसित आतीं।

जच्चा-बच्चा की देखरेख
समुचित होता निःशुल्क मगर,
बाँटी जातीं टिकिया, निरोध
पड़ते 'टीके' हर अवसर पर।

कल्याण मात्र सबका करना
कल्याण-केंद्र की अभिलाषा,
परिवार नियोजन इसका ही
है अंग, देश की प्रत्याशा।

विधियाँ अनेक हैं उपयोगी
बच्चों की हो इच्छा न अगर,
संभोग निरत होती नारी
निज योनि बीच टोपी[1] रखकर।

नर अपनाता जैसे निरोध[2]
महिलाएँ टोपी अपनातीं,
बैठती रबर की यह टोपी
है बच्चेदानी[3] के मुँह पर।

---

1. Cap, Diaphragm—पैसरी, छादन, मध्यपट
2. Condom—शीथ, फ्रेंच लेदर, निरोध
3. Uterus—गर्भाशय

जाता न वीर्य[1] गर्भाशय[2] में
नर अगर निरोध लगाता है,
टोपी के कारण कीट[3] नहीं
गर्भाशय में जा पाता है।

शुक्राणु-डिंब[4] [5] मिलते न अगर
प्रजनन की उठती बात नहीं,
इस दुःख से गर्भाशय रोता
आँसू—'ऋतु-स्राव'[6] कहाता है।

कंडोम, शीथ अथवा निरोध
उत्थित लिंग में जाता पहरा,
लेकिन पहले मुँह से अवश्य
जाता है उसमें पवन भरा।

रह सके न छिद्रित इसलिए
इस तरह जाँच की जाती है,
फिर व्यवहृत करने पर उसको
पाता हरदम निर्विघ्न खरा।

---

1. Seminal fluid—शुक्र तरल
2. Uterus—बच्चादानी
3. Spermatozoa—शुक्राणु, शुक्रकीट
4. Ovum—अंडाणु, डिंब
5. Ovum—अंडाणु, डिंब
6. Menstruation—मासिक स्राव

वनिताएँ रखतीं योनि[1]-बीच
रति-पूर्व एक या दो टिकिया,[2]
पानी में पहले भिगो उसे
अंदर जाता है तुरंत लिया।

टिकिया से बने झाग में फँस
शुक्राणु सभी मर जाते हैं,
है गर्भ रोकने में उसने
आश्चर्यजनक सहयोग दिया।

जेली[3] को अंदर रखने से भी
वही लाभ मिल पाते हैं,
झागों में फँसकर निस्सहाय हो
शुक्रकीट मर जाते हैं।

चिपचिपा और गाढ़ी जेली
पाई जाती है ट्यूबों में,
जिसको निरोध में रखकर के
सब दुगना लाभ उठाते हैं।

1. Vagina—गुप्तांग (योनि)
2. Foam tablet, Planitab
3. Ortho-Gynol Contraceptive Jelly

टोपी[1] सह जेली[2] दोनों को
रख सकती एक साथ औरत,
संरक्षण दुगुना होता है,
ऐसा है विज्ञजनों का मत।

अथवा पति-पत्नी दोनों ही
विधि एक-एक अपना सकते,
अपनाता मर्द अगर निरोध
टोपी अथवा जेली औरत।

है बाह्यस्खलन[3] भी तो उपाय
पर ग्राह्य नहीं माना जाता,
संभोगानुभव तभी होता
जब स्खलन-बिंदु पर नर आता।

उस चरम बिंदु पर आते ही
संभोग विरत यदि होता नर,
गिरता न योनि में वीर्य[4] किंतु
वह मनःताप से भर जाता।

---

1. Cap, Diaphragm—पैसरी, मध्यपट
2. Ortho-Gynol Contraceptive Jelly
3. Coitus inturruptus, Withdrawal—अंतरित मैथुन, बाह्य स्खलन
4. Seminal fluid—शुक्र तरल

यह बाह्य स्खलन[1] संतापक पर
अन्यान्य सभी संतोषजनक,
टोपी, निरोध, जेली—जितनों की
बातें कही गईं अब तक।

संभोग-बाद पति-पत्नी द्वय
परितृप्त सदा होते जितना,
अपनाते विधि यदि उपर्युक्त
पाते उससे कम नहीं खनक।

जितनी विधियाँ हैं कही गईं
सबकी जड़ में उद्देश्य यही,
शुक्राणु[2] एक भी किसी तरह
गर्भाशय[3] में जा सके नहीं।

आशा लेकर गर्भाशय में
बस एक डिंब[4] केवल आता,
शुक्राणु करोड़ों में होते
फिर भी मिलता क्या एक कहीं!

---

1. Coitus inturruptus, Withdrawal—अंतरित मैथुन, योनि-बाह्य-स्खलन
2. Spermatozoa—शुक्रकीट, शुक्राणु
3. Uterus—बच्चादानी
4. Ovum—अंडाणु

है नियम नियति का कोटि कीट
जो स्खलन मात्र में ही आते,
पर पूर्व डिंब तक जाने के
वे शिथिल अधिकतर हो जाते।

रहता जो सबसे बलशाली
वह मात्र डिंब से मिलता है,
फिर दोनों घुल-मिल आपस में
शिशु-रूप सलोना अपनाते।

सारांश यही—गर्भाशय में
जब तक शुक्राणु नहीं आता,
सिर पटक मरे चाहे कोई
संतति-सुख कभी नहीं पाता।

ईश्वर ने ज्ञान-विवेक दिए
राहें क्यों अपनाएँ दुःखकर,
परिवार, देश के लिए
नियंत्रित जनसंख्या ही है सुखकर।

ऋतु-स्राव[1]-बाद, पंचम दिन से
प्रति निशि में गोली[2] खाने से,
रहता है गर्भाधान नहीं
वंचित रहती शिशु पाने से।

1. Menstrual Period—मासिक धर्म, माहवारी, रजोधर्म, आर्तव, विगलित रक्तस्राव
2. Oral contraceptive Pills (खानेवाली गोलियाँ)

इन टिकियों[1] की संख्या होती
इक्कीस बाईस या अट्ठाईस,
जैसी विधि लिखी गई इनमें
है लाभ उसे अपनाने से।

जब तक महिला 'गोली' खाती
प्रति मास स्राव[1] नियमित आता,
गोली की गरिमा के आगे
कब गर्भ गर्व से मुसकाता!

क्षति कभी न किंचित् पहुँचाती
रक्षा ही करती अधिकाधिक,
होता न स्वास्थ्य, सौंदर्य न्यून
कब अनचाहा बढ़ता नाता!

आता न अगर मासिक[2] नियमित
'टिकिया' सुधार उसमें लाती,
मासिक-चक्रों[3] को नियमित कर
विश्रांति सुखों की दे जाती।

---

1. Oral Contraceptive Pills
2. Menstruation—ऋतु-स्राव, रजोधर्म, आर्तव
3. Menstrual Cycle—आर्तव-चक्र

कर नियत सुरक्षा की सीमा[1]
तीसरा लाभ यह पहुँचाती,
इसकी छाया में महिलाएँ
सुखमय भविष्य को अपनातीं।

प्रचलित है 'लूप'[2] बहुत अब तो
चहुँओर प्रतिष्ठा पाती,
धागे की तरह सुगमता से
गर्भाशय में डाली जाती।

दो-तीन साल तक एक 'लूप'
महिलाओं की रक्षा करती,
तत्पश्चात् बहिर्गत करा उसे
दूजी समयांतर में लाती।

होता न गर्भ-धारण इससे
महिलाएँ रहती हैं निर्भय,
जब तक रहती है 'लूप' लगी
रहता निशंक निरोग ह्दय।

शारीरिक तुष्टि न कम होती
होता संभोग नहीं बाधित,
कैंसर-सा रोग पकड़ता है
जग करे नहीं इसका संशय।

1. Safe Period—सुरक्षित काल
2. Loop—पाश

इसको रखने पर किंतु कभी
तकलीफ किसी को कुछ होती,
होती है कुछ पीड़ा कुछ को
कुछ रक्त-स्राव कारण रोतीं।

होता है कष्ट अगर कुछ भी
झट 'लूप' निकलवाना हितकर,
प्रशमित होते फिर लगवाकर
नारियाँ सुखद जीवन ढोतीं।

कल्याण-केंद्र में 'लूप' सतत
ब्याही महिलाएँ ही पातीं,
ऋतु-स्राव अवस्था[1] में केवल
यह नहीं लगाई है जाती।

यह सरल, सफल, बहुपयोगी
प्रचलन है आज बहुत इसका,
रहता न गर्भ जिसके कारण
महिलाएँ सादर अपनातीं।

नर-नारी के ऑपरेशन[2] भी
हैं आज धड़ल्ले से होते,
पाते हैं लाभ सजग केवल
दिग्भ्रांत सदा विपदा ढोते।

---

1. Menstrual Period—रजस्वला-काल, आर्तव-काल
2. Operation (शल्यचिकित्सा, शत्र कर्म) नसबंदी—मर्द का—Vasectomy, शुक्रवाहिकोच्छेदन।—महिला का—Salpingectomy, Tube-ligation, डिंबवाहिनी—उच्छेदन (बंधन)

संतति दो-तीन अगर हो तो
फिर करे नहीं वह चाह और,
ले ऑपरेशन पति या पत्नी
सुख-सागर में खाएँ गोते।

है सरल पुरुष का ऑपरेशन
किंचित् वह कष्ट नहीं पाता,
बस बातचीत करते उससे
सर्जन ऑपरेशन कर जाता।

काटी जाती दो नलिकाएँ
जो शुक्रकीट ले जाती हैं,
इसलिए स्खलन में नहीं एक भी
अब शुक्राणु कभी आता।

संभोग मजे में करता नर
कमजोरी नहीं फटकती है,
'नशबंदी' के पश्चात् कहाँ
कोई भी बात खटकती है!

उठती उमंग पहले जैसी
संतोष-तृप्ति जीभर पाता,
होता है स्खलित पूर्व-सा ही
कुछ बात नई कब लगती है!

होता है नर का स्खलन, किंतु
शुक्राणु नहीं उसमें आता,
नारी का स्खलन सदृश ही तो
आनंद-तोष जीभर लाता।

नारियाँ स्खलित जब भी होतीं
आता न डिंब[1] उसमें जानें,
हर माह नियमतः डिंब-कोष[2] से
एक डिंब छोड़ा जाता।

परितृप्त जिस तरह होती वह
यद्यपि आता है डिंब नहीं,
नर ऑपरेशन ले उसी तरह
पाता समुचित संतोष सही।

आते वे सभी स्खलन में हैं
जो पहले आया करते थे,
केवल प्रजनन क्षमता वाले
आते हैं अब शुक्राणु नहीं।

कुछ लोग मानते हैं अनुचित
जो शल्यचिकित्सा नित होती,
कहते—'पशु-सम बनता मानव,
जिंदगी खुशी खोकर रोती।'

---

1. Ovum—अंडाणु
2. Overy—डिंबग्रंथि

पर मात्र समझ की भूल यहाँ
बनता बछड़ा से बैल जभी,
खो देता अपनी काम-शक्ति
पर नर की नरता कब खोती ?

पशु-अंडकोष[1] कुचला जाता
या उसे निकाल लिया जाता,
पशु उत्तेजित होता न, क्योंकि
वासना अंडकोष लाता।

लेकिन पुरुषों की बात अलग
काटी जाती हैं नलिकाएँ,
कमती कब काम-शक्ति उनकी
केवल शुक्राणु नहीं आता।

जिस नारी को संतान अधिक
कर रही आज भी महा भूल,
नर-शल्यचिकित्सा अगर सुलभ
नारी ऑपरेशन में न तूल।

नारी के नाभि-निकट चीरा दे
काट, बाँधते नलिकाएँ[2],
गर्भाशय तक पहुँचे न डिंब[3]
इसके पीछे सिद्धांत मूल।

---

1. Testis—वृषण
2. Fallopian tubes, Uterine tubes—डिंब-वाहिनी नलिकाएँ
3. Ovum

‘लेप्रोस्कोपिक’ पद्धति एक
है दूरबीन का चमत्कार,
पल–क्षण में बंध्याकरण करा
महिलाएँ पातीं सुख अपार।

इस विधि के दक्ष चिकित्सक
नियमित क्रमशः केंद्रों में जाते,
बहुसंख्यक बच्चों की माँ का
हरने को दारुण दुःख–पहाड़।

जाता न हटाया वस्त्र कभी,
दुःख तनिक न महिलाएँ पातीं,
ऑपरेशन का भय नहीं यहाँ
छह मिनट बाद सब मुसकरातीं।

नारी के नाभि–निकट नखभर
चीरा देते हैं विज्ञानी,
फिर कलम सरीखी दूरबीन की
कला–करिश्मा दिखलाती।

द्वय डिंब–वाहिनी नलिकाओं
को खोज–देख, बाँधते प्रवर,
कर दूरबीन को बाहर तब
फाहा चिपका देते सत्वर।

लगता न एक भी है टाँका
झट बैठ सहज जाती नारी,
दूसरी पुनः उस जगह पहुँचती
जाती है अपने क्रम पर।

इससे आसान तरीका
जग ने और नहीं अब तक पाया,
महिलाएँ जो आईं सद्य!
सुख-लाभ उन्होंने अपनाया।

परिवार-केंद्र के बाहर आ
परिजन-परजन को बतलातीं,
'है सहज, सरल विधि क्षणभर का
दुःख-रहित इसे हमने पाया।'

संतान अधिक होती दुःखकर
इसलिए 'निरोध' जरूरी है,
यह शल्य-क्रिया या दूरबीन-विधि
जीवन की कस्तूरी है।

लगता इसमें कुछ खर्च नहीं
किंचित् दुःख-दर्द नहीं होता,
जीवन की जटिल समस्याएँ
इससे ही होती पूरी हैं।

होता ऋतु-स्राव समय पर ही
किसका कब स्वास्थ्य बिगड़ पाता!
संभोग-जनित आनंद-तोष
पहले जैसा ही तो आता।

है बंध्याकरण कराने का
अनुकूल समय हर दिन, हर पल,
जाड़ा, गरमी, पावस मौसम
कुछ भी अवरोध न पहुँचाता।

दो विधियाँ—'शल्यचिकित्सा' या
'लेप्रोस्कोपी' है राह सही,
करवा 'नसबंदी' सुख पाए
जब हो अनियंत्रित चाह नहीं।

वैज्ञानिक ने चिरस्थायी को
परिवर्तित कर दिखलाया है,
जनमानस की चिंता उसको
व्यवधानों की परवाह नहीं।

भगवान् रूठ जाता जिनसे
संतति-सुख सारे छिन जाते,
वे ऑपरेशन लेकर फिर से
पहलेवाली स्थिति में आते।

जो नलिकाएँ थीं कटी कभी
वे पुनः जोड़ दी जाती हैं,
बच्चों का सुख फिर से संभव
ज्ञानी-विज्ञानी बतलाते।

कल्याणजनक हैं 'ऑपरेशन'
इसमें है राय विभिन्न नहीं,
नारी निरुपाय नहीं होती,
होते न नपुंसक पुरुष कहीं!

ऋतु-स्राव नहीं बाधित होता
फैलाता कोई रोग नहीं,
यह बात भलाई की करता
दिखलाता हरदम मार्ग सही।

करती बचाव है 'लूप' बहुत
लेकिन सर्वोत्तम 'ऑपरेशन,'
पति या पत्नी लें करा अगर
जीएँ सुखमय दांपत्ति जीवन।

गिनती के वैसे और बहुत
निदर्शित हैं, जिनको अपना
सपना पूरा कर सजा सकते
घर को, जैसे नंदन-कानन।

कुछ 'कैप्सूल[1]' भी निकले हैं
महिलाओं के अनुकूल, उचित,
खाए जाते वे नहीं,
त्वचा में रह होते हैं रक्त-निहित।

चमड़े के नीचे किसी जगह
उस 'कैपसूल' को रख देते,
जिसकी औषधि रिसकर तन में
मिलती है स्वत: लहू से नित।

खानेवाली 'टिकिया' जैसी
यह भी कमाल कर दिखलाती,
है सरल, सफल, सस्ती विधि यह
तकलीफ न महिलाएँ पातीं।

स्वाभाविक भोग-मिलन होता
रहता न गर्भधारण का भय,
रहतीं प्रसन्नचित्त महिलाएँ
जब तक 'गोलियाँ' रखी जातीं।

इससे भी अच्छा है 'टीका'[2]
लगता महिलाओं को केवल,
सावधिक किंतु यह होता है
जाती है गर्भ-समस्या टल।

---

1. Intradermal Capsule—अंत:त्वचीय—त्वचा के नीचे रखी जानेवाली गोलियाँ, तीन वर्षों तक प्रभावी
2. Vaccination, टीकाकरण (Birth Control Vaccine)

दो-चार साल रक्षा करता
करता चिंताएँ दूर सभी,
पर दूर अभी रह भारत से
कर रहा समस्याओं को हल।

है गर्भनिरोधक सूई भी
लगती दो-तीन महीनों पर,
है अधिक प्रभावी यह जिससे
पा रही ख्याति अतिशय घर-घर।

यह दुग्धवती महिलाओं को भी
लग सकती है बिना हिचक,
हित, स्वास्थ्य-संपदा, अतुलित सुख
लेकर चलती है डगर-डगर।

'ट्रैफिक लाइट'[1] उपकरण एक
है मेलबॉर्न की संरचना,
दो इंच बड़ा कागज रहता
पतली पेंसिल-सा रूप बना।

संबद्ध नारियाँ अपने हित
लेती स्वमूत्र में भिगो इसे,
निर्देशित करता रंग बदल
यह कुछ रसायनों को अपना।

---

1. Sexual behaviours Traffic Light Tool

बतलाता रंग सही हरदम
जिस स्थिति में होती है नारी,
यदि रंगहीन या हरा हुआ
वह 'अवधि सुरक्षित'[1] है न्यारी।

महिला करती संभोग मगर
होता है गर्भाधान नहीं,
यदि लाल हुआ—संभोग करे
शिशुधारण की हो तैयारी।

वैज्ञानिक की है देन बहुत
जग मनचाही विधि अपनाता,
है झंझट-कष्ट नहीं कुछ भी
तन विपुल तृप्ति जीभर पाता।

है मजा मजे में रहने का
छोटा परिवार विहँसता है,
ज्यादा बच्चेवाले घर का
रहता दरिद्रता से नाता।

है प्रकृति नियंत्रित प्रावधान
अनचाहा बच्चा कब आता!
व्रत, संयम, नियम, नियामक से
शिशु गर्भाधीन न हो पाता।

---

1. Safe Period—सुरक्षित काल

इस संविधान को जग जाने
प्राकृत-क्षमता को पहचाने,
शत-प्रतिशत लोगों के हित में
यह नैसर्गिक नियमन आता।

वनिता का विगलित रक्त-स्राव
जब नियत समय पर हैं आते,
मासिक के पूर्वोत्तर हफ्ते
हैं काल सुरक्षित[1] कहलाते।

यह अवधि सुरक्षित रखती है
निश्चित ही गर्भ नहीं रहता,
संभोग इस समय करने पर
शिशु नहीं अवांछित आ पाते।

जो प्राकृत-नियत बरतता है
वह नहीं कभी धोखा खाता,
यदि समय देखकर मिलन करे
कामना-जनित फल को पाता।

मासिक के बारह से सोलह दिन
खतरनाक[2] हैं जग जाने,
यदि हुआ समागम, संभवत:
अनचाहा बच्चा घर आता।

---

1. Safe period—सुरक्षित काल
2. Dangerous Period—खतरे की अवधि

यह प्रकृति मात्र अपने में ही
दोनों कोणों को सुलझाती,
संतति-सुख से वंचित घर में
संभोग-जनित फल को लाती।

जो चाह रहें संतान नहीं
इस अवधि बीच संयम बरतें,
बिखरी नैसर्गिक खुशियाँ भी
अनुकूल बनी मन में छातीं।

है सुगम प्रकृति की विधि कितनी
कुछ द्रव्य न होते खर्च यहाँ,
तन-मन सामान्य, सजग रहता
अंतः में खलती बात कहाँ!

हर धर्म-जाति के सभी लोग
ले सकते हैं संबल इसका,
हो मासिक-चक्र[1] अगर नियमित
यह खरा उतरता सिर्फ वहाँ।

जितनी बातें हैं कही गईं
यदि तर्क-तुला पर रखते हैं,
तो 'लूप' और 'नसबंदी' को
सबसे अच्छा कह सकते हैं।

---

1. Menstrual Cycle—आर्तव-चक्र, रजस्वला-चक्र, माहवारी

अवशेष मात्र जितनी विधियाँ
यद्यपि प्रयोग में नित आतीं,
अचरज न अगर रह जाए गर्भ
नि:शंक कहाँ रह सकते हैं।

हैं विधियाँ सभी अनस्थिर ही
जब चाहे बच्चा पा सकता,
हो चाह न जब संतति की तो
उस पर वह रोक लगा सकता।

इस तरह योजना लागू कर
जीवन को सुखद बना सकता,
परिवार नियंत्रित करके वह
भारत का भाग्य जगा सकता।

पत्नी—प्रिय, जान गई विधियाँ सारी
जिनसे रुक सकते हैं प्रजनन,
पति-पत्नी अपने मनपसंद
विधि से सुधार सकते जीवन।
मत बुरा मानना, गर्भ रोकने में
सहाय नारी केवल?
या शल्य-क्रिया से अलग
पुरुष के लिए दूसरी क्रिया सफल?

पति—हाँ, ऐसा ही था कुछ पहले
पर अब विज्ञान मुखर भाया,
नर के हिस्से में 'टीका' भी
ले नवल रंग जग सरसाया।

नर-गर्भनिरोधक टीका को
भारत ने जन्म दिया भू पर,
डॉ. एन.आर. मुद्‌गल का था
इससे संबंधित शोध प्रखर।
जिस हार्मोन (Hormone) से पा क्षमता
बढ़ता है वीर्य-शक्ति नर का,
उस हार्मोन को यह टीका
करता विनष्ट, नर-स्वस्थ-प्रवर।
हर संभव शोध निरंतर ही
विज्ञानी करते हैं हर पल,
खानेवाली गोलियाँ कभी
नर-हित ला सकतीं इच्छित फल।

पत्नी—इतना सम्यक् सब ठीक मगर
व्यभिचार बढ़ रहा क्या नहीं यहाँ?
उपलब्ध हर समय सभी जगह
टोपी, टिकिया और लूप जहाँ!

पति—व्यभिचार बढ़ रहा है अनुदिन
जिह्वा न तुम्हारी ही कहती,
कुछ महिलाएँ विधियाँ अपना
निश्चिंत गर्भ से हैं रहती।
टोपी, टिकिया या लूप भला
रखती हैं कब ऐसी मंशा!
हैं बेजुबान सब इसलिए
आरोप स्वयं चुप रह गहतीं।

है एक बात यह मनन योग्य
छूरी है घर में उपयोगी,
काटनी सब्जियाँ अथवा फल
कामना मात्र सबकी होगी।

लेकिन यदि गुस्से में अथवा
हो वैर-भाव से उत्प्रेरित,
यदि कोई वार करे उससे
क्या हत्या कहो, नहीं होगी?

विज्ञान जगत् की देन बड़ी
जो देता शुद्ध-भाव देता,
हित की केवल परवाह इसे
फिर भी बदनामी तक लेता।

विज्ञान नहीं दोषी इसका
यह दोष जगत् पर जाता है,
जैसा प्रयोग जो करता,
उसको वैसा ही फल यह देता।

पत्नी—उलझी गुत्थी को बहुत सलीके से
तुमने है सुलझाया,
हर शंका का शुभ समाधान
तुमसे क्षण में मैंने पाया।

शुचि ‘लाल त्रिभुज’ के एक पक्ष को
समझ आज आह्लादित हूँ,
दूसरा पक्ष भी बतलाना
जिससे अजान मैं नहीं रहूँ।

नर या नारी की ‘नसबंदी’
संतति सीमित का मंत्र अगर,
गोदी जिसकी सूनी
किलकारी से कैसे भर सकता घर?

क्या प्रावधान कुछ है, जिससे
आँचल में दूध चला आए,
पलने में प्यार-दुलार पले
दांपत्य-सुजीवन मुसकाए?

पति— तुम भोली हो, पर जटिल प्रश्न
करती हो कभी मनोहारी!
सुत जिन्हें न, उनको भी सुत-
देने की सुविधाएँ हैं सारी।

कल्याण-केंद्र सुख का सागर
लाते उनके हित भी खुशियाँ,
जो वंचित हैं संतति-सुख से
मिल सकता है सुत उन्हें यहाँ।

सुखकारी मोदमयी शिशु की
किलकारी से घर भर सकता,
मुरझाए मन हर्षित करने के
केंद्र खुले हैं यहाँ-वहाँ।

यदि पाँच साल से भी ऊपर
है बीत रहा दांपत्य-जीवन,
बच्चों से गोद अगर सूनी
और किलकारी से यदि घर-आँगन।

या हुई एक संतान किंतु
है पुनः गर्भ की आश नहीं,
ऐसे में भी कल्याण-केंद्र
देता संतति-सुख अतुलित धन।

कल्याण-केंद्र जाते दोनों
जाँचे जाते हर तरह वहाँ,
पहले यह खोज किया जाता
नर-नारी में है दोष कहाँ!

प्राकृत नियम : प्रकृति दोनों पक्षों का साथ देती है—

(1) जिन्हें बच्चा अभी नहीं चाहिए, वे मासिक-स्राव के एक सप्ताह पहले से लेकर इसके एक सप्ताह बाद तक निडर मिलन कर सकते हैं। इसे Safe Period (बचाव-पक्ष) कहते हैं।

(2) जबकि जिन्हें बच्चा की जरूरत है, वे मासिक-स्राव के 12वें से 16वें दिन अवश्य मिलन करें। इस अवधि में गर्भ रहने की अधिक संभावना रहती है।

अवरोध दृष्टि–पथ पर जो हो
उसका निदान होता पहले,
फिर प्रजनन–पथ को केंद्र बना
पहुँचा जाता है दोष जहाँ।

जाता है पुरुष–वीर्य[1] जाँचा
संभव है कुछ हो दोष वहीं,
पर जाँच–पूर्व हफ्ता भर तक
करना होता संभोग नहीं।

शीशे की परख नली[2] में
लाया जाता है अति शीघ्र वीर्य,
जब जाँच पूर्ण हो जाती, तब
नर–पक्ष झलकता सही–सही।

यदि वीर्य ठीक होता पति का
पत्नी तब है जाँची जाती,
जो हैं गरीब दंपती, सुविधाएँ
सारी मुफ्त यहाँ पातीं।

सार्थक ही, व्यय के भार बिना
कल्याण सभी का होता है,
बतलाए गए उपायों से
नारियाँ गोद–भर हर्षातीं।

---

1. Seminal Fluind, शुक्र–तरल
2. Test tube

है वीर्य-दोष यदि पति में तो
अनुकूल दवा उसकी होती,
या शल्य-क्रिया ही उसके
सुंदर सपनों में निधियाँ बोती।

नारी के प्रजनन अंगों में
यदि दोष हुए—होता उपाय,
फिर तो संतति-सुख पा सकते हैं
जैसे सागर-तल से मोती।

यह गलत सोचना है—जिसने
मुँह दिया, वही देगा खाना,
फिर बोलो, क्या आवश्यक था
यह दिल, दिमाग, कर, पद पाना ?

दे ज्ञान-चेतना ईश्वर ने
मानव को छोड़ दिया भू पर,
अपने विवेक से उसको है
जीवन में खुशियों को लाना।

कर्तव्य उसे ही करना है
निष्काम-भाव रखकर मन में,
अच्छे होंगे जब कर्म-धर्म
सुख पाएगा वह जीवन में।

जो पति–पत्नी निज बच्चों को
देते हैं सुख, हैं सुखी वही,
स्वर्गिक आनंद धरा पर ही
मिलता परिवार नियोजन में।

संतानहीन महिलाओं ने
दुर्लभ संतति–सुख प्राप्त किया,
वैज्ञानिक–सम्मत विधियों ने ही
कर्म–जनित फल उन्हें दिया।

ले पुरुष–वीर्य को विज्ञ चिकित्सक
गर्भाशय तक पहुँचाता,
उसके पति का हो या कोई
दूसरे व्यक्ति से गया लिया।

इतरेतर (दूसरे का)[1] शुक्र लिया जाता
पति में होती जब शक्ति नहीं,
यदि शुक्रकीट का हो अभाव
या कम हो या कमजोर कहीं!

अपने पति का भी शुक्रकीट
गर्भाशय में छोड़ा जाता,
हो गर्भाशय–मुख अगर बंद
जा सकता जिसमें वीर्य नहीं।

1. Artificial Insemination—कृत्रिम शुक्रसेचन, कृत्रिम गर्भाधान

अथवा जो ढोती डिंब, उसी
नलिका[1] में हो अवरोध कहीं,
जिससे चलकर गर्भाशय में
आ पाता है वह डिंब नहीं।

जग ने पाया है परख-नली-बच्चा[2]
वैसे ही दंपती से,
पति थे सक्षम, निर्दोष मगर
पत्नी थी दोषी हाय, वहीं।

ऐसी स्थिति में हीं 'डिंबक्षरण[3]
के समय' डिंब लेते निकाल,
तन के बाहर फिर, डिंब-कीट का
मिलन-निषेचन[4], सुखद खयाल।

फिर प्रतिफल को गर्भाशय में
स्थापित कर देते हैं सुविज्ञ,
जो धरती पर पैदा लेता
समयानुकूल हर नियम पाल।

पर-पुरुष-वीर्य यदि लिया गया
वह पक्ष बहुत नाजुक होता,
यह राज, राज रहता जिसको
सर्जन ही निज मन में ढोता।

---

1. Fallopian tube, Uterine tube—डिंब-वाहिनी नलिका
2. Test tube baby
3. Ovulation
4. Fertilization

वह पुरुष जानता नहीं कि
किसमें वीर्य प्राण देता जाकर,
नारी न जानती, उसके हित में
कौन वीर्य अपना खोता।

पत्नी—संतानहीन नारी निरीह
यह था निसर्ग का दुःखद राज,
गोदी उसकी भी भर सकती
यह कुहरा भी छँट गया आज।

लेकिन अनचाहा गर्भ जिसे
रह गया, कहो क्या है उपाय,
या और कहीं दिखलाने को
दोगे तुम उसको उचित राय!

पति—(i) हों अगर कुँआरी या (ii) विधवा
या (iii) अधिक जिन्हें संतान सुलभ,
(iv) हो कठिन रोग या (v) चाह नहीं
रह गया गर्भ, होंगी हतप्रभ।

इसका निदान बस, 'गर्भपात'[1]
'कल्याण-केंद्र' समुचित उत्तर,
बिन चीर-फाड़ आसानी से
होतीं विमुक्त चिंता से सब।

1. Abortion—गर्भपात

विधिसम्मत गर्भपात होता
परिवार नियोजन में सहाय,
अब गर्भाशय-द्रव (Liquor amnii) जाँच
(Amniocyntesis) बाद भी
गर्भपात[1] है विदित राय।

'गर्भाशय-द्रव की जाँच' कहें
या 'भ्रूण-जाँच'—है फर्क नहीं,
यदि संभावित भ्रूण-विकृतियाँ[2]
जग-जाहिर होतीं सही-सही।

क्या अब भी कुछ अंकुरित प्रश्न
प्रस्फुटित चाहते होने को?
तो कहकर मन हलका कर लो
चिंता कब होती ढोने को!

पत्नी—हो ज्ञानी, ध्यानी, विज्ञानी
मन की स्थिति को तुमने जाना,
उदरस्थ भ्रूण के लिए
परीक्षण की बातों को बतलाना।

पति—हे प्राण! गर्भधारण करके
वनिताएँ सुख अपनाती हैं,
अपने जीवन को सरस, सबल
संपूर्ण सुरक्षित पाती हैं।

---

1. Abortion—गर्भ गिराना
2. Foetal abnormalities

गर्भाशय-द्रव की जाँच[1] सुखद
जिसमें गर्भाशय-द्रव[2] लेते,
संभावित भ्रूण-विकृतियों[3] पर
विज्ञानी तब अभिमत देते।

शिशु में घातक यदि रोग हुआ
तब गर्भ समापन समाधान,
जिससे विकलांग कुजीवन की
त्रासदी न झेले मनुज प्राण।

लड़का पल रहा कोख में
या पल रही वहाँ लड़की काया,
यह जिज्ञासा विधि के विरुद्ध
अब विज्ञानी ने है पाया।

पत्नी— विधिसम्मत बातों को मैं भी
चाहती जगत् सम्मुख लाना,
जग व जन-जीवन के हक में ही
होगा मेरा यह बतलाना—
'संतान एक या दो केवल'
परिवार नियोजन का नारा,
'लड़का-लड़की दोनों समान'
फिर क्यों लड़का है अति प्यारा?

1. Amniocyntesis
2. Liquor amnii
3. Foetal abnormalities

क्यों भ्रूण-लिंग के प्रति लोगों में
देखी जाती उत्सुकता है ?
क्यों भ्रूण-भंग[1] लड़की का ही
केवल नित होता रहता है ?
फिर भ्रूण-भंग[1] भी हत्या है
मेरा विवेक यह कहता है,
मानवता के विपरीत कार्य
मानव नित कैसे गहता है ?

वैज्ञानिक भ्रष्टाचार इसे
मैं कहती हूँ, हे वैद्य प्रवर!
इस जगती के सुख-साधन-हित
विज्ञान हुआ करता हितकर।

कुछ जटिल, कष्टकर, लाइलाज
रोगों से छुट्टी पाने को,
जब विधि न इजाजत देती
'स्वैच्छिक मृत्यु' कभी अपनाने को;

तब कन्या-वध अनुचित,
अमानवीय भी और अनैतिक भी,
नारी तो विमल विभूति
विधाता की है, नहीं निरीह कभी।

---

1. Abortion—गर्भपात

वधुओं की हत्याएँ
दहेज की बेदी पर अपराध आर्य!
डरकर दहेज से भ्रूण-भंग
करना उतना ही अधम कार्य।

'गोवध' निषेध की माँग जहाँ
उठती है बार-बार-हरदम,
उस संस्कृति में कन्या-वध हो
इसका विरोध करते हैं हम।

यह महावीर, गांधी, सुबुद्ध का
देश जहाँ हिंसा वर्जित,
कैसे कोई यह जानबूझकर
पाप करेगा तब अर्जित!

करना है दूर गरीबी को
तो हटा गरीबों को ही दें?
नारी-समाज का भार अगर
कर गर्भ-भंग छुट्टी पा लें?

मैं भी इस मत से सहमत हूँ
मान्यता 'जाँच' की हो न कभी,
कारण अधिकाधिक दुरुपयोग
ही सदा करेंगे लोग सभी।

यह कब सुनते हैं अधिक जिन्हें
हैं पुत्र, परीक्षण सुख बोता,
या अगर 'जाँच' में पुत्र मिला
कब गर्भपात उत्तर होता!

'लड़के' ही हों केवल
चाहेंगे लोग यही, मन में तौलो,
संतुलन सृष्टि का फिर कैसे
संभव हो सकता है बोलो!

इस तरह पुत्र ही पाने में
यदि होड़ लगा, तब बतलाओ,
पुत्रों की शादी और बाद—
उनके पुत्रों की···समझाओ!

लड़के ही हुए, कहो वे सब
सुख-लाभ कौन सा पहुँचाते?
जो लाल हुए, खुशहाल हुए
बाकी सबके-सब दुःख लाते।

आवश्यक है तो बस इतना
माँ-बाप जन्म दोनों को दें,
लेकिन लड़कों की शादी में
फूटी न एक कौड़ी भी लें।

दानव-दहेज यदि हट जाए
मिट जाए संभावित झंझट,
घर-घर में लड़का-लड़की है
फिर उचित न किंचित् उठा-पटक।

सब प्रश्नों का यह समाधान
फिर नहीं चाहिए कुछ प्रमाण,
चाहिए सिर्फ 'दो प्राणों के
घर में हों दो संतान-प्राण।'

कहते हो तुम है सहज परीक्षण
सरल, सुरक्षित भी, लेकिन
क्या 'गर्भपात' अस्वास्थ्य और
संभवतः मौत नहीं अनुदिन!

है 'परख-नली शिशु'[1] सच,
वैज्ञानिक चमत्कार, आवश्यक भी,
पति-पत्नी के जीवन में
सुख भर देता, जीने का हक भी।

पति—मानव ने जब से जन्म लिया
लड़ता निसर्ग से आया है,
हर जटिल समस्या का निदान
सायास ढूँढ़ अपनाया है।

1. Test tube baby

विज्ञान दे रहा है जो सुख
हम लाभ उठाएँगे उसका,
समुचित विवेक से कर विचार
निशि-दिन गुण गाएँगे उसका।

अब यहीं खत्म करता बातें
वैसे कहने को बहुत अभी,
अपने पड़ोसियों के घर जा
बतलाना बातें उन्हें सभी।

पत्नी हो एक चिकित्सक की
भूलना नहीं इसको प्यारी!
कर्तव्य निभाना कर बातें
परिवार नियोजन की सारी।

'किस तरह सुखी जीवन बीते'
बहुमुखी प्रश्न है मुँह बाए,
'कल्याण-केंद्र' में आकर वह
इसका हल सहज, तुरंत पाए।

पत्नी— जब तक था ज्ञान नहीं मुझको
इस 'लाल त्रिभुज' को कब जाना!
अब पलभर भी सुख से वंचित
रहकर न चाहती पछताना।

जाकर 'कल्याण-केंद्र' सुख से
करवाऊँगी मैं ऑपरेशन,
जग को समझाने के पहले
अच्छा है अपना उदाहरण।

पति— हो धन्य, अपेक्षा थी जिसकी
अनुकूल बात सुन हर्षाया,
रुचियाँ तुम-सी सब अपनाएँ
सुखकर हो भारत की काया।

[अभी आगे कुछ है]

व्यवहार्य-कार्य की धनी अरी!
मन की कहकर जग पर छाई,
मनचाही हो संतान—
ले रही हैं दो विधियाँ अँगड़ाईं।

(1)

ऋतु-स्राव-चक्र[1] जानते हुए
हो जिसे पुत्र की जब इच्छा,
वह समय जान संभोग करे
है पूर्व निदर्शित यह दिक्षा।

अब नहीं पुत्र की चाहत में
बेटियाँ अधिक होंगी घर में,
जग समय देखकर मिला करे
फिर नहीं कहीं सुत-हित भरमें।

महिला के मासिक-चक्रों[2] में
दो-तीन दिवस ऐसे आते,
जब तन का तापमान[3] किंचित्
बढ़ता, सपने हैं मुसकराते।

जो पुत्र-प्राप्ति के इच्छुक हैं
उसके हित यह उपयुक्त समय,
सुखदे! तुम भी चाहती अगर
ले सकती चांस एक निर्भय।

यह डिंब-कोश में डिंब-निषेचन
के नियमन पर है आश्रित,
डॉक्टर बड़ ठाकुर के अन्वेषण से
हो सकता है जग का हित।

1. Menstrual Cycle
2. Menstrual Cycle
3. Body Temperature

हर सुबह नियमतः तापमान
अपने शरीर का लिखा करो,
हो तापमान में वृद्धि जब भी
तब सुत-हित गर्भाधान धरो।

यदि सफल हुई सुत पाने में
केवल न तुम्हीं मुसकराएगी,
परिवार नियोजन में सहसा
तब नवल क्रांति आ जाएगी।

(2)

डॉक्टर फ्रांसीसी एफ. पपा
जिसने की पकड़ अलग जड़ की,
भोजन से निर्धारित करते
'लड़का होना अथवा लड़की'।

जिन महिलाओं की पुत्र–चाह
वे मछली, मांस अधिक खाएँ,
फल का रस सेवन करें
मगर वे नहीं दूध को अपनाएँ।

पुत्री की चाहत में महिलाएँ
अधिक दूध पीएँ–खाएँ,
कम नमक, किंतु फल का रस,
मछली, मांस न सेवन में लाएँ।

है सुखद सोडियम सह पोटेशियम
सब विधियों से लड़का हित,
लड़की हित में है कैल्सियम
सह मैग्नीशियम अधिक उचित।

दो–चार माह पूर्व से ही
इस भोजन–विधि पर चला करें,
गर्भस्थित हो जब भ्रूण
निरंतर इस पथ पर चल, भला करें।

ये सब बातें वैज्ञानिक तथ्यों
पर आधारित हैं, सुखदे!
संभव है इनको अपनाकर
जग–जन, घर–आँगन का सुख ले।

□□□